Bhí Crúibín an-sásta ar an Móin Mhór agus é ag imeacht leis ar bogshodar ó cheann ceann na páirce. Bhí sé i ndiaidh an ceann is fearr a fháil ar Sheascín uair amháin eile.

Anois bhí sise tar éis filleadh ar a stábla sa Mhóin Bheag, áit a raibh a máthair Cnóitín, agus a hathair Sceaidín, ann roimpi. Bhí Sceaidín ag ithe nuair a tháinig Seascín chomh fada leis. D'ardaigh sé a cheann ag éisteacht léi. 'Caithfidh tú tuilleadh coirce a ithe,' a Sheascín,' a dúirt a hathair. 'Agus is gearr go bhfágfaidh tú Crúibín i do dhiaidh.'

Sháigh Sceaidín a mála coirce níos cóngaraí di.

'Níl ansin ach caint na seanchapall!' arsa Seascín. 'Ní chreidim focal de.'

'Fan socair go fóillín, a Sheascín!' arsa a máthair. 'Tá Crúibín níos sine ná tú. Tiocfaidh tú suas leis fós má bhíonn foighne agat.'

'Tiocfaidh mé suas leis, ceart go leor, a Mhamaí', arsa Seascín. 'Ach cén uair a tharlóidh sé sin?'

Ní raibh sí sásta in aon chor.

'Tóg bog é anois, a Sheascín, pé scéal é. Is gearr go mbeidh sé in am codlata agat.'

Nuair a d'fhéach Seascín uaithi chonaic sí Crúibín ag sodar agus ag siúl tamall ar an Móin Mhór. Bhí seisean sásta go maith gurbh é féin an capaillín ba thapúla ar an bhfeirm. Ach anois bhí sé ag dul ó sholas agus bhí Crúibín ag éirí tuirseach.

'Cuirfidh mé rás ar m'athair Staigín amárach,' ar seisean leis féin. 'Deir Mam liom gurbh amhlaidh a lig Staigín dom an rás deireanach a bhuachan. Ní chreidim sin. Agus táim níos tapúla ná Láirín freisin,' ar seisean. Agus d'imigh sé leis.

Chrom Seascín ar bheith ag ithe féir in éineacht le Cnóitín rua agus le Sceaidín. Bhí an féar milis faoina ceann agus ba ghearr gur thit a codladh uirthi agus í ina seasamh faoi chrann mór caorthainn le taobh an stábla.

I ngan fhios dó féin, bhí Crúibín tar éis siúil amach ar an mbóthar fad a bhí a chuid smaointe capaillín ag dul trína cheann. Bhí Láirín agus Staigín tar éis dul isteach sa stábla agus ní fhaca siad é. Shiúil Crúibín roimhe go bhfaca sé páirc mhór ghlas ar thaobh an bhóthair. Mheas sé go raibh sé sa bhaile agus chuaigh sé isteach an geata oscailte.

'Ná bí ag siúl ar an mbóthar, a Chrúibín, a chuid,' a dúirt a mháthair leis go minic.

'Tá an bóthar mór, fada, liath an-chontúirteach do chapall!' a dúirt Staigín le Crúibín lá go raibh an bheirt acu ag breathnú amach thar an bhfál. Bhí torann mór á dhéanamh ag rud mór trom tapa a chuaigh thar bráid.

Sin é an fáth nár fhan Crúibín ar an mbóthar.

Ach anois bhí faitíos ar Chrúibín. D'fhéach sé le teacht amach arís as an bpáirc ghlas ina raibh sé. Ach bhí cuaille sa bhearna agus bhí an geata dúnta anois.

Lig sé seitreach as le faitíos. Chuala Láirín é agus d'fhreagair sí láithreach é le seitreach eile. Tháinig sí féin agus Staigín chun an dorais agus shiúil siad amach gur chuala siad seitreach eile ó Chrúibín.

Nuair a chonaic Láirín go raibh Crúibín slán sábháilte istigh sa pháirc rinne sí seitreach chiúin mar a dhéanann sí gach oíche agus Crúibín ag dul a chodladh. Nuair a chuala Crúibín a mháthair chuaigh sé a chodladh go sásta faoi chrann mór feá sa pháirc.

Dhúisigh Crúibín an mhaidin dár gcionn agus léim sé ina sheasamh. Thosaigh sé ag rith ó thaobh taobh na páirce. Ní raibh a fhios aige cá raibh sé ach ba dhóigh leis gur sa bhaile a bhí sé. Shiúil sé amach as an bpáirc ina raibh sé agus isteach i bpáirc mhór eile. Casadh searrach beag donn ar Chrúibín faoi chrann cnó capaill. 'Cuirim ort!' arsa Crúibín. Shíl sé go mbeadh ina rás idir é féin agus an capaillín donn. Níor thug an capaillín donn aon aird ar Chrúibín. 'Cuirim ort!' arsa Crúibín arís.

D'ardaigh an capaillín aisteach seo leathchluas agus d'fhéach i dtreo Chrúibín.

'Sea?' a deir sé.

'Mise Crúibín!' arsa Crúibín. 'Cé thusa?'

'Hm. Mise Labhraí!' arsa an searrach donn.

'Cuirim ort, a Labhraí!' arsa Crúibín. 'Éirigh i do sheasamh agus ná bí i do luí thart mar sin!'

'Hm,' arsa Labhraí arís agus d'fhéach go géar ar Chrúibín. 'Cad as duit, a Chrúibín?'

'As an Móin Mhór,' arsa Crúibín.

'Agus cad as duit féin, a Labhraí? Agus cén fáth nach bhfuil tú ag éirí i do shuí mar a dhéanfadh capall ceart ar bith agus rás a bheith againn?'

'Rás?' arsa Labhraí. 'Céard é sin, rás? Nach bhfuil a fhios agat nach le capall atá tú ag caint? Is asal mise, a bhuachaill!'

'Asal!' arsa Crúibín. 'Céard is asal ann? Ní asal tú. Is capall leisciúil tú!'

Agus thug Crúibín do na cosa é timpeall na páirce. Bhí sé ag iarraidh teacht suas le Seascín. Ach ní raibh Seascín ann. Lig sé seitreach ar Láirín agus ar Staigín. Bhí siadsan ag breathnú amach dó thar an ngeata. Ach níor chuala siad é. Lig sé seitreach níos airde fós ar a mháthair agus ar a athair. Ach bhí an pháirc seo rófhada ón mbóthar agus ón Móin Mhór agus níor chuala siad é.

D'éirigh sé tuirseach de bheith ag rith leis féin. Tháinig sé ar ais go dtí Labhraí a bhí ag ithe tornapa anois.

'Tabhair smut den tornapa sin dom, le do thoil, a Labhraí,' arsa Crúibín. 'Táim stiúgtha leis an ocras.'

'Bíodh agat agus fáilte, a Chrúibín,' arsa Labhraí. 'Is tornapa deas milis é.'

Bhí na cairde nua, Crúibín capaillín agus Labhraí asal, ag ithe an tornapa ar a suaimhneas nuair a chuala Crúibín seitreach Láirín in aice leis.

Thug Láirín léim ard thar an gcuaille adhmaid a bhí timpeall ar an bpáirc. Isteach léi sa pháirc ina raibh Crúibín aréir.

'Sin í mo Mhamaí, Láirín,' arsa Crúibín. 'Caithfidh mé dul abhaile léi. Slán leat, a Labhraí!'

D'fhág Labhraí slán le Crúibín le 'Hí-há, hí-há'.

Nuair a tháinig Crúibín agus a mháthair abhaile go dtí Staigín, ní raibh focal as Crúibín.

'Is gearr go mbeidh tú ag dul a chodladh, a Chrúibín!' a dúirt Staigín leis. Bhuail fonn mór cainte Crúibín. Thosaigh sé ag caint faoina chara nua, Labhraí.

'Cé agaibh a bhuaigh an rás, a Chrúibín, tú féin nó Labhraí an t-asal?'

'Ní fheadar,' arsa Crúibín. 'Bhuaigh mise rás amháin. Ach bhí mé liom féin. Ní raibh Labhraí sásta dul sa rás liom in aon chor.'

'Leisciúil a bhí sé?' arsa Staigín.

'Leisciúil a bhí an t-asal?' arsa Láirín.

'Ní hea, a Mhamaí,' arsa Crúibín. 'Dúirt sé nach raibh an rás sách fada dó. Dúirt sé nach gcuirfeadh aon asal a chuid ama amú le rásanna beaga sodair. Rásanna siúil is rogha leis féin. Is é Neid a athair. Agus deir sé go ndeachaigh Sean-Neid ag siúl chomh fada leis an Éigipt. Cén rud é sin, an Éigipt, a Mhamaí? Agus cén áit ina bhfuil sé! Rachaidh mise agus Seascín go dtí an Éigipt amárach. Beimidne chomh maith le Sean-Neid na gcosa fada!'

'Tá sin go maith, a stór,' arsa Láirín. 'Beidh mise agus Staigín ann freisin.'

Thosaigh Láirín ag seitreach go ciúin sásta. Bhí áthas uirthi go raibh a peata, Crúibín, tagtha ar ais slán sábháilte sa stábla.

'Caithfimid dul a chodladh anois.'

Agus thug sí scuabadh beag éadrom dá heireaball fada, dubh ar shrón agus ar mhoing Chrúibín.

'Oíche mhaith, a Chrúibín!'

'Oíche mhaith, a Láirín agus a Staigín – agus a Labhraí!' arsa Crúibín. 'Agus go raibh maith agat as mé a thabhairt abhaile.'

An chéad chló: Cló Mhaigh Eo 2007
Téacs © Liam Prút
Léaráidí © Bernie Prendergast

ISBN: 978-1-899922-36-9

Foilsithe ag Cló Mhaigh Eo,
Clár Chlainne Mhuiris,
Co. Mhaigh Eo, Éire.
www.leabhar.com
Fón/Faics: 094 9371744
086-8859407

Dearadh: raydes@iol.ie
Clóbhuáilte in Éirinn ag Clódóirí Lurgan,
Indreabhán, Co. na Gaillimhe

Faigheann Cló Mhaigh Eo cabhair ó Bhord na
Leabhar Gaeilge

Bord na
Leabhar
Gaeilge